AF331816

LES JEUX

PETITS ENFANTS

ILLUSTRATIONS

DE FEU Mlle MARIE EDMÉE

PARIS

AMÉDÉE BÉDELET, ÉDITEUR

14, RUE SÉGUIER, 14

LES JEUX

DES

PETITS ENFANTS

LA DINETTE — LE BILBOQUET — LE SOLITAIRE

Pour n'être pas un jeu, la Dinette n'en est pas moins une récréation bien-aimée des enfants. On y invite ses amis, petites filles et petits garçons, sans oublier les poupées. Cela donne d'ailleurs une occasion de faire usage du beau ménage qu'on a reçu en étrennes.

Le Bilboquet n'est pas précisément un jouet destiné aux petits enfants. Il consiste en une colonnette de bois tourné, présentant par un de ses bouts un disque plat, et par l'autre extrémité une pointe; au milieu de l'instrument est attachée par une ganse une boule trouée, que l'on doit, en la lançant en l'air, chercher à faire retomber et à fixer sur l'un des deux bouts de la petite colonne.

Le Solitaire est une sorte de jeu de dames que l'on joue seul. Sur une tablette pourvue d'un manche et percée de 37 trous, on place 37 fiches; le jeu consiste à retirer les fiches une à une, en procédant régulièrement. Pour exécuter la figure qui a valu à ce jeu son nom de *Solitaire*, il faut qu'il ne reste sur la tablette qu'une seule fiche.

LES DOMINOS — LE SPHINX — LE LOTO

Le jeu de Domino, qu'on dit renouvelé des *Grecs*, des *Romains*, des *Chinois*, se répandit en France vers le milieu du seizième siècle, *sous le règne du bon roi Henri IV*. Il nous venait d'Italie.

Tout le monde connaît ces dés, fabriqués avec de l'os ou de l'ivoire, et taillés en forme de carrés longs et plats.

Un jeu ordinaire se compose de vingt-huit dominos, sur chacun desquels figure une combinaison de deux nombres, depuis le double-blanc (*zéro*) jusqu'au *double-six*.

La *pose*, c'est-à-dire l'avantage de placer le premier, appartient ordinairement à celui qui a le double le plus élevé. La partie est gagnée, ce qui s'appelle *faire domino*, par celui qui, le premier, a placé tous ses dés. *Bouder*, c'est n'avoir pas les chiffres demandés. *Pêcher*, c'est être obligé de prendre dans la réserve jusqu'à ce que l'on trouve un des deux numéros appelés.

Le Sphinx, mot difficile à prononcer, à lire, à expliquer, veut, à ce qu'il paraît, dire en grec : *J'embarrasse*. Sphinx était le nom d'un monstre qui, dit la Fable, proposait des *énigmes* aux passants, et dévorait ceux qui n'avaient pu réussir à les expliquer.

L'idée du jeu est plus gracieuse. Il consiste en petits carrés de bois ou d'ivoire, sur chacun desquels est une lettre de l'alphabet; on rapproche ces carrés pour former des mots, puis, les mêlant, on les donne aux divers joueurs, afin qu'ils devi-

nent ce mot et le reproduisent. C'est bien souvent par ce moyen
que les enfants commencent à épeler. Quelle naïve satisfaction
leur font éprouver ces noms composés par leurs petites mains :
bébé, papa, maman! et, plus tard, quel plaisir d'embarrasser
les petits amis, lorsque, avec cinq lettres, ils leur proposent
tous ces mots différents : *ancre, écran, nacre, nérac, rance*, et
même *crâne*, en y ajoutant un accent!

Les Égyptiens, les Grecs et les Romains, qui ont inventé tant
de choses, n'ont pas connu ce simple jeu; car, alors, l'art de
Gutenberg, l'imprimerie, eût été découverte bien plus tôt.

Loto. Après la leçon de lecture, un petit essai de calcul.
Telle est l'utilité du jeu de loto. Il se compose de demi-boules
en bois, où sont inscrits des chiffres de 1 à 90, qui répondent
aux mêmes numéros placés sur 24 cartons de diverses couleurs. A l'appel de chaque chiffre, les joueurs le marquent sur
leur carton par un jeton; et celui qui le premier a couvert
toute une rangée de numéros, crie : *Quine!* Il a gagné la *poule*.

Un poëte moderne, M. de Ségur, a composé sur le jeu de loto
les vers suivants :

> Le loto, quoi que l'on en dise,
> Sera fort longtemps en crédit :
> C'est l'excuse de la bêtise
> Et le repos des gens d'esprit.

Les jeux de Balle et celui de Ballon, quoiqu'ils aient été le
sujet de poëmes épiques, ont peu besoin d'être décrits.

LA POUPÉE — LES CHATEAUX DE CARTES

La Poupée, premier jouet, besoin instinctif des petites filles, doit être d'origine aussi ancienne que le monde, puisque dans des tombeaux qui datent de plusieurs milliers d'années, on retrouve, à côté d'ossements d'enfant, des poupées faites de diverses matières. On sait, en effet, que les anciens renfermaient dans le cercueil de leurs enfants les jouets que ceux-ci avaient affectionnés.

On prétend que le nom de poupée vient de Poppée, femme de l'empereur Néron, qui, de toutes les dames romaines, était celle qui prenait le plus de soin de son ajustement. Elle se baignait, dit-on, dans du lait, afin de conserver à sa peau la souplesse et le velouté, et se servait d'un masque pour préserver des atteintes de l'air les traits délicats de son visage.

La plus grande partie des jouets nous vient de l'Allemagne. Mais c'est à Paris que se fabriquent les poupées *artistiques;* ces fidèles et gracieuses imitations des blonds babys et des dames élégantes servent à reproduire les modes parisiennes et à les faire connaître dans toutes les parties du monde.

⚜

Les Chateaux de cartes. On sait en quoi consiste cet amusement. Il n'y faut qu'un peu d'adresse, de patience, et la main légère, afin de parvenir à élever le château jusqu'au plus grand nombre d'étages superposés.

La jolie fable de Florian, que tout le monde connaît, décrit ce jeu en y appliquant une moralité heureuse.

Les dissertations auxquelles se sont livrés beaucoup de savants sur l'origine des cartes à jouer, sur la signification des figures, sur leurs noms et leurs attributs, rempliraient des volumes. On est convenu d'attribuer l'invention des cartes à jouer au règne de Charles VI (pour l'*esbatement* dudit prince, dit la chronique); mais l'usage des cartes remonte bien au delà de cette époque. Les emblèmes des rois et des valets, les atours des dames, les noms de ces figures, n'ont plus rien de semblable à ceux des personnages des cartes que coloriait, il y a quatre cents ans, Jacques Gringonneur, l'*imagier du roi*. Les cartes à deux têtes sont de récente invention : elles épargnent au joueur le soin continuel qu'il fallait jadis prendre de retourner les figures en les plaçant dans sa main, par ordre de rang et de couleur. Les Espagnols, les Allemands, les Italiens ont eu aussi anciennement des cartes à jouer; elles ne ressemblent point aux cartes françaises. Plus tard, petits enfants, vous lirez avec plaisir des curiosités historiques très-amusantes sur les cartes.

LES QUATRE COINS — CACHE-CACHE

Cinq personnes sont nécessaires pour jouer aux Quatre coins. Quatre se placent aux angles d'un carré; celle qui reste au milieu s'appelle le *nigaud*. Les joueurs qui tiennent les coins doivent continuellement changer de place entre eux. C'est pendant ces évolutions que le nigaud doit s'emparer d'un coin vacant. La personne qui reste sans place devient nigaud à son tour.

C'est un jeu où l'on s'agite beaucoup. Il est plus amusant au grand air que dans l'intérieur; quelquefois quatre arbres représentent les quatre points cardinaux; le nigaud s'appelle alors *le voyageur*.

CACHE-CACHE est l'un des jeux les plus usités dans les réunions de petits enfants. Les parents, les domestiques, sont requis pour aider à imaginer de bonnes cachettes; et, afin que ceux qui s'y blottissent ne soient pas trahis par leurs voix, ce sont les mamans, les bonnes, et souvent les grands-pères, qui crient pour eux le terme consacré : *Fait!* parole qui annonce à celui qui l'*est* que chacun est caché et qu'il est temps de chercher.

Il y a bien des manières de jouer à cache-cache : le jeu de *cache-mitoulas* ou *cache-tampon* consiste à cacher un objet. C'est à qui criera au chercheur : *Tu brûles!* s'il s'approche de la cachette; ou : *Tu gèles!* s'il s'en éloigne; et l'on ajoute à ces avertissements toutes sortes de variantes qui excitent la gaieté générale.

LES RONDES — LA CORDE — COLIN-MAILLARD

Les Rondes sont des chansons répé... . ... chœur par les enfants, en même temps ,ue, en se tenant par la main, ils forment un cercle et dansent en tournant.

Rien n'est plus gracieux à voir que le mouvement onduleux et cadencé de cette guirlande d'enfants; que tous ces visages animés des couleurs que donnent le plaisir et le mouvement.

Les Jeux de corde. L'enfant qui joue seul tient dans chacune de ses mains une des extrémités de la corde, emmanchée dans une petite poignée de bois; puis saute, et, pendant ce temps, il fait passer la corde sous ses pieds; tandis que les pieds retombent sur la terre, la corde s'élève au-dessus de la tête, et ainsi on continue le plus longtemps possible.

Lorsqu'on devient plus habile, on exécute diverses figures : on réussit à faire les *doubles tours*, les *triples*, la *croix de chevalier;* ceci s'obtient en croisant les bras pendant que la corde passe au-dessus de la tête. On court en sautant, on saute en reculant.

Pour sauter à la longue corde, il faut que celle-ci soit tenue par deux personnes qui la font tourner : alors plusieurs joueuses sautent en même temps. Elles varient leurs évolutions; sortent du jeu, y rentrent, sans que le mouvement de la corde s'arrête; ceci se nomme la *promenade*. Passer sous la corde pendant qu'elle s'élève s'appelle faire *chou-blanc*. On saute aussi sur deux cordes à la fois, que les tourneuses dirigent de chaque main en deux sens opposés, ce qui forme un dessin très-gracieux.

—<◈◈◈>—

Le Colin-maillard. On bande les yeux à celui qui doit être le colin-maillard. Et le voilà qui étend ses bras dans le vide, s'efforçant de saisir un des joueurs qui circulent autour de lui. Si le pauvre aveugle se dirige vers quelque obstacle qui pourrait le blesser, on doit l'avertir charitablement par cette exclamation : *Casse-cou !* Enfin, s'il a pris un étourdi qui le narguait, il doit nommer son prisonnier ; s'il se trompe, il recommence sa poursuite à tâtons ; s'il a deviné juste, le joueur reconnu devient colin-maillard.

Colin-maillard à *la baguette* est fort divertissant. On le joue assis en cercle ; celui qui l'*est* se place au centre ; il présente sa baguette à l'un des joueurs, en lui proposant un cri, un grognement quelconque, que celui qui est ainsi provoqué doit répéter en dénaturant le son de sa voix, sous peine d'être reconnu.

Le colin-maillard à la *silhouette* se devine en voyant passer l'ombre du joueur projetée sur la muraille. Or il faut déguiser sa tournure, prendre des attitudes bizarres, et c'est là une double occasion de s'égayer.

LES BULLES DE SAVON — LA BASCULE
LA BALANÇOIRE

Pour obtenir des Bulles de savon, on trempe dans une eau savonneuse l'extrémité d'un fétu de paille creux, fendu en croix. En soufflant légèrement, la goutte d'eau que l'on a recueillie au bout du fétu se gonfle et prend la forme d'un globe qui se teint de toutes sortes de couleurs. Quand la boule est suffisamment grossie, on la détache du fétu par une légère secousse, et on la soutient en l'air à l'aide du souffle.

La science, en observant les effets provenant de cet amusement enfantin, y a découvert les propriétés du prisme, instrument en verre, construit de manière à ce qu'un rayon de la lumière du soleil, en traversant ce prisme, se divise en bandes de plusieurs couleurs. C'est ce qui a lieu dans l'arc-en-ciel, quand un rayon de soleil traverse les nuages.

> La bulle de savon, qu'un trait du jour colore,
> S'enflait, resplendissait de tous les feux d'aurore.
> Le vent souffle, elle s'évanouit,
> Ainsi la gloire, hélas ! s'enfuit.

La Bascule n'est pas un jeu à l'usage des petits enfants et surtout des demoiselles bien élevées, non plus que la Balançoire, qui s'appelle aussi *Escarpolette*. Ces amusements ne sont pas d'ailleurs sans danger, outre les chocs auxquels on s'expose en lançant la balançoire avec violence, on peut, pendant ses oscillations, être saisi d'étourdissements et tomber. Il y a nombre d'accidents causés par la balançoire. Dans les guinguettes où le peuple parisien va s'ébattre le dimanche, dans les fêtes de village, le divertissement de la balançoire est très-suivi. A la promenade des Champs-Élysées, elles sont en tout temps dressées sous diverses formes, et plus d'un promeneur, en les voyant tournoyer au-dessus des arbres, prévoit avec effroi que les cris de surprise et de plaisir des amateurs pourraient se changer bientôt en cris d'angoisse et de douleur.

LE CERCEAU — LES GRACES — LA QUEUE LEU-LEU

LES GRACES. Les mains armées de deux baguettes, les bras élevés et arrondis, le buste et la tête penchés en arrière, telle est la pose, en effet, gracieuse des joueurs de grâces. La petite couronne entourée de velours et ornée de filets d'argent, lancée et reçue sur les baguettes unies en croix, est gracieuse aussi dans sa voltige aérienne. Ce joli jeu est assez difficile à jouer habilement.

LE CERCEAU est un cercle de bois léger, que l'on guide avec une baguette. Le lancer, accélérer son mouvement, le ralentir à volonté, devient l'occasion d'un exercice salutaire, et particulièrement aimé des enfants. On organise des parties; on joute à qui arrivera le premier au but déterminé; on décrit des zigzags, on conduit deux cerceaux à la fois.

LA QUEUE LEU-LEU. Autrefois on disait *leu* pour *loup*. Il y a, en effet, dans ce jeu un personnage féroce qui a nom loup. C'est ordinairement l'aînée de la troupe des joueuses, ou un jeune garçon, s'il s'en trouve parmi elles, qui remplit ce rôle terrible. Les plus petites s'échelonnent, par ordre de taille, en une file à la suite d'une plus grande appelée *la biche*, qui doit protéger cette *queue* contre les attaques du loup. Celui-ci s'avance provoquant la biche par ces paroles :

« *Je suis loup, loup qui te mangerai.* »

La biche cache ceux qui la suivent en étendant ses bras et sa robe, et répond :

« *Je suis biche, biche qui me défendrai.* »

« *Défends ta queue!* » Ce cri du loup est le signal d'un combat plein d'émotion. La biche fait tête au loup et s'oppose à toutes les tentatives que fait celui-ci pour fondre sur l'extrémité de la queue; cette queue ondoie en suivant tous les mouvements de sa protectrice. La lutte est souvent longue, car l'honneur de la biche y est engagé, mais « la raison du plus fort est toujours la meilleure, » et le loup finit par saisir aisément une proie parmi tous ces babys qui, las de rire, de crier de joie et de peur, se culbutent et rompent l'ordre de la queue.

RÉCRÉATION

LA REINE DES POUPÉES

Histoire de petites filles, racontée par des poupées parlantes. Illustrations de Dunuy. Joli volume in-4, avec vignettes.

LA SEMAINE D'UNE PETITE FILLE

Par Mlle Louise d'Aulnay (Julie Gouraud). 1 beau volume in-4 avec illustrations de Duruy. Lithographies, vignettes, etc.

LES GRANDS JOURS DES PETITS ENFANTS

Légendes et récits sur l'origine et la signification des fêtes de famille, par Élisabeth Muller. 1 beau volume in-4, avec illustrations de Mlle Marie Edmée.

LES CONTES DES FÉES

De Charles Perrault. Édition revue, dédiée aux enfants. Illustrée par MM. Pauquet frères. 1 beau volume in-4, grandes gravures sur acier et nombreuses vignettes.

BÉBÉ VEUT DEVENIR GRAND GARÇON

Scènes merveilleuses et entretiens raisonnables par des joujoux animés. Illustrations de Duruy. Joli volume in-4, grands sujets lithographiés, vignettes sur bois, etc.

Prix de chacun de ces cinq volumes :	Figures en noir, riche cartonnage.	5 fr.
	Figures soigneusement coloriées..	7 fr.
	En toile, tranche dorée, titre riche.	8 fr.

GRANDS DIVERTISSEMENTS DES PETITS ENFANTS

Jeux, exercice du premier âge. Joli volume in-4, illustré par Mlle Marie Edmée.

GRAND BONHEUR DES PETITS ENFANTS

Gravures avec légendes. Beau volume in-4, composé de vignettes et de lithographies.

GRAND ALBUM PITTORESQUE

250 sujets lithographiés et gravés sur bois, couplets enfantins avec musique, légende, etc. Joli volume grand in-4, cartonnage élégant, dos en toile.

Prix de chacun de ces trois ouvrages :	Figures en noir.	4 fr.
	Avec les lithographies coloriées.	6 fr.
	En toile, tranche dorée, titre riche..	7 fr.

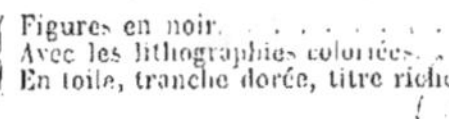